마음은 파란데 체온은 정상입니다

마음은 파란데 체온은 정상입니다

사예의 우울증 일지

글·그림 사예
그림 윤성

동양북스

"요즘 어떻게 지내?"

"요즘 어떻게 지내?"

우울증을 햇수로 6년 앓고 있는 제게 가장 어려운 질문 중 하나입니다.

객관적으로 제 삶은 그리 나쁘지 않습니다. 아니, 나쁘지 않다고 생각합니다. 가끔 때려치우고 싶긴 하지만 그럭저럭 다니고 있는 직장. 토끼 같은 신랑과 여우 같은 고양이들, 그리고 인스타툰 연재와 출판 준비까지. 겉으로 보기에는 부족함이 없는 삶이기에 망설임 없이, 웃으며 '괜찮게 지내.'라고 얘기해도 좋지 않을까 생각합니다.

하지만 동시에 '부디 다음 생은 없으면 좋겠어.'라고 말하고 싶어 하는 이 마음은 대체 어디로부터 오는 걸까요? 부족할 것이 없음에도 삶은 고통이고, 생각을 해보려 해도 머릿속은 공허함만 가득하며, 모두 잠든 새벽에 종종 이유 없이 눈물을 글썽이는 마음에 대해 너무 알고 싶어요.

누군가에게 말해볼까 하다가도 결국 상대방에게 짐이 되고 싶지 않다는 마음에 이런 말은 목 안으로 삼켜버리고 망설임 끝에 이렇게 이야기해버리고 맙니다.

"괜찮게 지내."

말하면서도 저는 항상 누군가 이 마음을 알아주고, 이해해 줬으면 좋겠다고 생각했어요. 그렇게 찾아 헤매었지만 세상이 제게 뻗어주는 손이 많지 않아 항상 아쉽던 찰나에, 누군가 손 내밀어 주길 기다리기보다 제가 손을 내밀면 어떨까 싶어 인스타그램에 만화를 그려 올리기 시작했습니다.

제 이야기는 극적인 이야기는 아니에요. 저는 평범한 사람이었고, 우울증 또한 평범하게 어느 날 조금씩 제게 다가왔지요. 그리고 특별한 계기로 사라지거나 하지 않은 채 그렇게 머물러 있었어요. 그래서 과하게 꾸며내기보다는 그저 평범한 우울증 환자의 이야기를 담담하게 그리고 싶었습니다. 이렇게 살아가는 사람도 있다고. 그러니 괜찮다고 말해드리고 싶었어요.

그러면서 많은 사람들을 만나고, 위로해 주고 위로 받았어요. 그리고 이렇게 책까지 내게 된 것이 꿈만 같습니다. 이 모든 일에도, 아직도 저는 병원에 다니는 우울증 환자에요. 이런 제가 우울증을 낫게 해드릴 수도, 우울증을 낫게 하는 방법을 알려드릴 수도 없지만 이 책이 어느 날 당신과 만나게 되길, 그래서 당신을 조금이나마 위로해 줄 수 있길 진심으로 바랍니다.

차례

01

병원에 가기까지

몇 년 전, 어느 날 밤.

저는 야근을 하다 말고 회사 옥상에 서 있었어요.

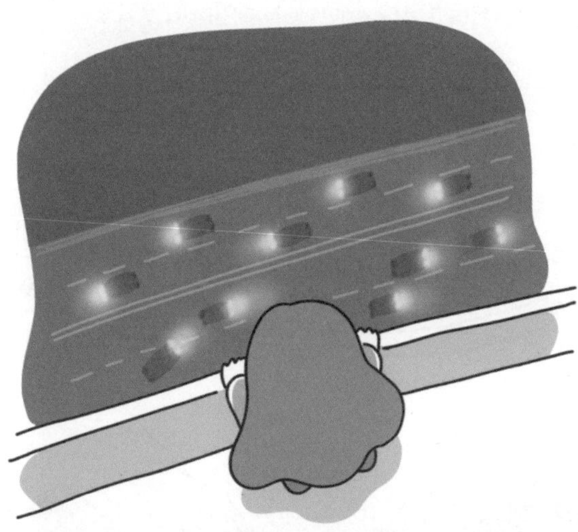

건물 아래로 보이는 차량 불빛을 바라보며,

희망 같은 건 도저히 없다고,
이제는 편해지고 싶다는 생각과 동시에

만약 내가 이 아래로 떨어지면 어떻게 될까를
필사적으로 생각하고 있었지요.

막상 한 걸음을 더 내딛자니 두려움인지
슬픔인지 모르는 감정에 눈물이 흘러내렸고,

차가운 바람이 눈물을 스치고 지나가자
그제야 정신이 번쩍 들었어요.

그렇게 결국 뛰어내리지는 못하고,
그 자리에 주저앉아 한참을 펑펑 울었답니다...

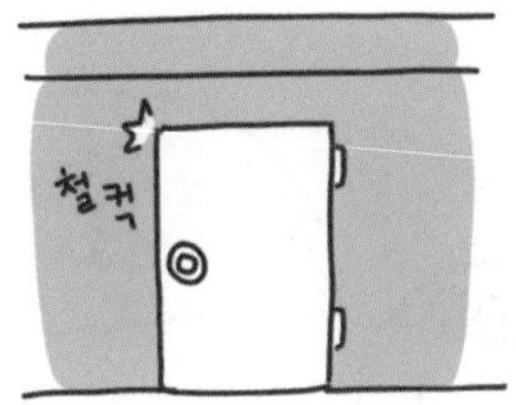

이 이야기는, 그런 이야기입니다.

옥상에 올라갔던 날은 몇 년 전,
입사한 지 약 2년쯤 되었을 무렵이었답니다.

첫 회사에 입사한 지 2년 정도 지났을 때, 저는 제가
85점인데 100점짜리 가면을 쓰고 있는 것 같았어요.

제가 85점짜리인 걸 들키면, 사람들이
떠나 버릴 것 같아 항상 초조한 마음...

그런 마음은 점점 자신을 다른 사람과
비교하고, 또 자책하게 했어요.

그런 생각이 심해지면 컴퓨터 화면이 빙글빙글 돌아가는 것만 같아 글을 읽는 것도, 아무 일도 할 수 없었어요.

언젠가부터는 사람들이 계속 제 험담을 하고 있다는 망상에 괴로워하기도 했죠.

늦은 밤, 집에 도착하면 이유 없이 눈물이 났어요.
부모님께 들킬까 숨죽여 울었죠.

그러다 어느 날 밤, 이 모든 게 나만 없어지면
될 거란 생각에 옥상에 올라갔고...

다행히 내려온 저는, 그 다음날 드디어
정신과로 향한 첫발을 내딛게 됩니다.
거기 정신과죠? 진료 예약 좀 하려고 하는데요...
네 점심시간에도 괜찮을까요? 직장에 다녀서요.
잘했어. 수고했어.
...만약 지금 과거의 저를 만날 수 있다면...
잘했다고, 수고했다고 이야기해 주고 싶어요.

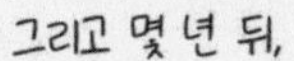
그리고 몇 년 뒤,

점심
먹으러
갑시다~

저는 여전히, 살아서 직장에 다닙니다.
사예님
어디 가세요?
어디
아파요?
아~
병원이요~
피부과요
ㅎㅎ

처음 우울증을 '마음의 감기' 라고 말한 사람은,
몇 년을 감기에 걸린 채 지내는 기분을 알까요?

그래도, 어떻게 살아가게는 되나 봅니다.

그래서,
요즘은 좀
어떠세요?

퇴사하고
싶어요!

로또!!
건물주!!

퇴사

그건 저도
그래요 ㅎㅎ

(feat.
본인 병원)

이 책은 우울증을 겪어온
지난 5~6년간의 이야기를 다루고 있어요.

나는!
직장인이다!

산은 산이요
물은 물이로다

도비는
무료에요

이제부터
무의식의
대환장-파티

판사님 이 툰은
고양이가
그렸습니다

우울증을 겪으며 있었던 일들과
제 일상에 대해서 이야기해 보려 해요.

이 이야기가 누군가에게는 공감이,

누군가에게는 위로가,

누군가에겐 용기가 되길 바라는 마음으로 그렸습니다.
잘 부탁드려요 :-)

마음의 감기가 아니야

저는 우울증, 흔히 말하는 '마음의 감기'에 걸린 지도 6년쯤 되었어요. 하지만 아직도 종종 '마음의 감기'라는 단어를 보면 처음 이렇게 말한 사람에게 찾아가서 소리 지르고 울고 싶은 기분이 들어요. 대체 왜 이렇게 만든 건지, 크게 따지고 싶다고 마음 깊은 곳에서부터 생각한답니다.

백보 양보해서, 처음에 우울증을 '마음의 감기'라고 말한 사람은 아마도 감기처럼 누구나 쉽고 흔하게 걸릴 수 있다는 이야기를 하고 싶지 않았을까… 하고 이해해 봅니다. 하지만 안타깝게도 사람들은 그 반대의 뜻으로 이해해 버리고 말았어요. 감기만큼 별로 아프지 않고 조금 신경 쓰이는 정도인 병이라고… 그래서 감기처럼 약만 먹으면 자연스럽게 나아 버리기도 한다고…

이렇게 생각하는 사람들은 몇 년을 감기에 걸린 채 보내는 일상이 어떤 의미인지 전혀 모르고 있겠죠? 코를 훌쩍이듯이 죽고 싶다는 생각이 머리를 스치고 지나갈 때 심장이 미어져 오는 느낌을, 천천히 열이 오르

듯이 발밑부터 차올라 오는 슬픔을 바라볼 수 밖에 없을 때의 망연자실함을, 그리고 이 모든 것이 과연 끝나기는 할까 싶은 절망감까지… 우울증이 이렇게 수년 동안 일상 구석구석을 괴롭히는 질병이란 걸 알았으면 감기라는 이름을 안 붙이지 않았을까요?

실제 우울증 환자였던 <우울증 탈출>의 저자, 다나카 케이이치는 우울증을 '마음의 암'이라고 말합니다. '우울증은 내버려 두면 죽음에 이르게 되는 병이며, 이로 인한 죽음은 그 사람의 마음의 수명이었다.'고 해요. 우리 모두, 심지어 우울증을 앓고 있는 사람들조차도 사선을 넘나드는 병 우울증에 대해서 너무 소소하게 여기고 있지 않나 돌아보며… 본인의 우울증을 '마음의 감기'라 여기고 별 것 아닌데 괴로워한다는 죄책감과 고통속에 묵묵히 혼자 살고 계실 분들에게 공감과 위로가 되어드리고 싶습니다.

02

정신과에 가게 되었습니다

첫 병원의 첫인상은, '당당하다' 였어요.
큰 건물, 창문에 크게 붙은 병원 이름.

분명 매일 지나다니는 길이었는데도, 그전까진
거기에 있는 줄도, 내가 가게 될 줄도 몰랐던 곳.

아무것도 없는 하얀 방을 상상했지만,

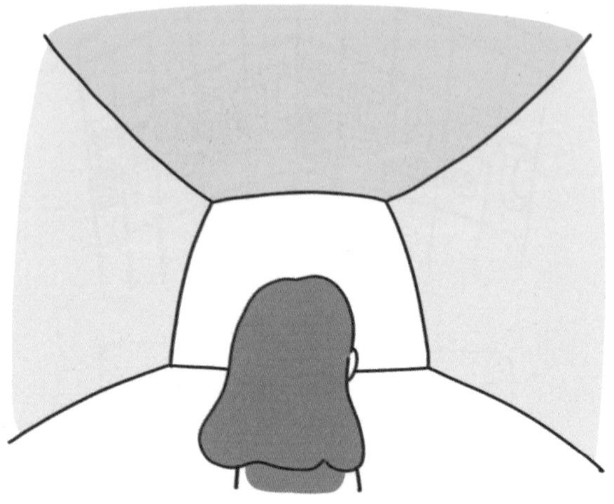

막상 들어가니 너무 평범하고, 손때 묻은 인형과
장난감이 가득 차 있어서 나 혼자 어색했던 곳.

몇 가지 질문지를 작성하고도 한참을 기다려서야 들어가게 되었을 때,

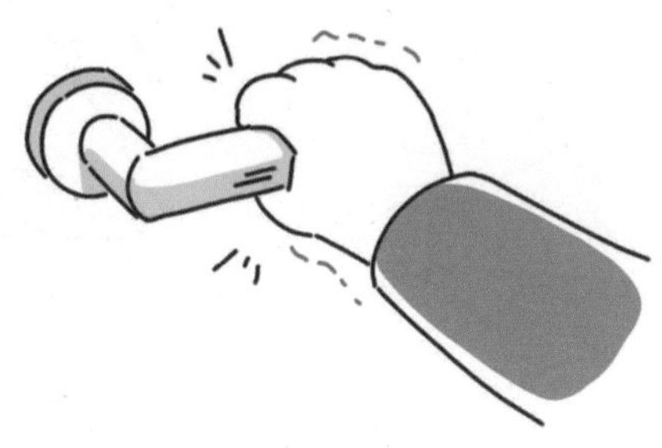

들어가서 느낀 첫인상은

였어요.

그리고... 정말 말이 많은 분이셨어요.
질문도 많고, 대답도 많으신 분.
과거 이야기
원장님 포스
부모님과의 관계
과거의 열등감 심리 상태
기타 등등
....

항우울제는 다행히 제게 잘 들었지만,
선생님을 보는 건 늘 부담이었답니다.
저 부모님과 잘 지내는데요 딱히 문제가 없는데요.
과거가 문제인들 내가 뭘 할 수 있겠어?

게다가, 그 지역에는 하나밖에 없는 정신과여서
예약하는 것도 늘 곤혹이었고요...

그렇게, 조용히 첫 병원을 떠나 다른 병원을 찾아보게 됩니다.

당시에는 신랑(당시에 남자친구)과 한참 연애 중이었고,
그래서 다음 병원은 자연스레 그 근처로 정했어요.

실제로 내부도 굉장히 오래된 느낌이 났어요.
손님이다!
와 여기만 시간이
멈춰 있는 것 같아...
... 괜찮을까?

중년 손님들의 호기심 어린 눈초리에, 시선을 피하려
오래된 잡지를 억지로 펼치곤 했지요.
2008년도?!?
2008

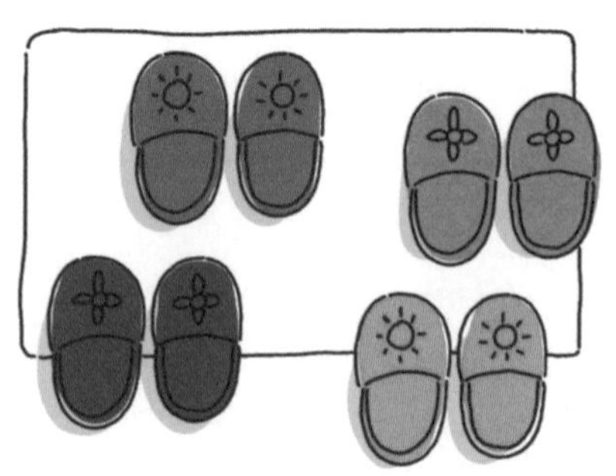

진료실에 들어갈 때 특이하게도
실내화로 갈아 신는 구조였어요.
형형색색의 낡고 헤진 가죽 슬리퍼들...

이 선생님은 딱히 제 과거를 궁금해하진 않으셨지만...
그냥 저 자체에 관심이 없는 듯했어요.
콧수염 때문일까..
사극에 이방 캐릭터로
나올 것 같은 분이다!
스트레스를
많이 받으시는군요.
인생 살다 보면
이런 일 저런 일 있는 거죠.
아 네네...
그러니 신뢰는 크게 형성되지 않았지만,
약 받는 것을 의의로 다녔었죠.
어쨌든
약을 받았으니
됐지.
조제약

그래도 주말에 예약이 어렵지 않고 신랑을 보러
가면서 가기 좋았던 곳이라, 딱히 나쁘지도 않았던.

신혼집으로 이사하면서 자연스레 멀어져,
가지 않게 된 두 번째 병원 이야기였습니다.

세 번째 병원은 특이할 정도로 긴 복도가 있는 곳이었어요. 긴 복도 끝에 작은 문이 있었지요.

이번 선생님은 첫 여자 선생님이었는데, 잘 만들어진 AI를 대하는 느낌이었어요.

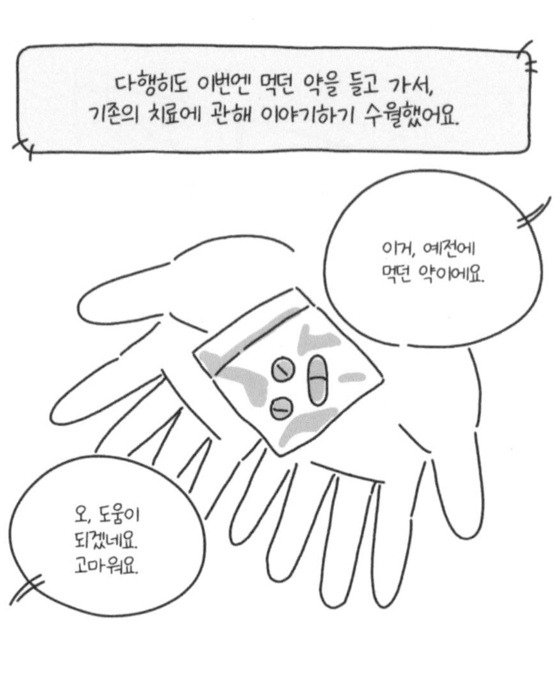

그 당시에는 약을 끊고 싶었으나
금단 증상이 있어서 끊지 못하고 있었는데

먹던 약을 가져간 게 금단 증상을
추측하는 데 도움이 많이 되었죠.

그래서 이 병원에선 금단 증상이 있는 약을
다른 약으로 대체하는 데 중점을 두고 치료를 진행했어요.

그건… 마치 과학 실험 같은 느낌이었어요.
양파나 나팔꽃 대신, 나를 대상으로 하는 실험.

결과적으로는 모든 방법이 실패하긴 했지만,
저를 관찰하고 알아 가는 과정은 재미있었어요.

* 약을 먹기 전에 꼭
부작용이나 금단 증상을
미리 확인하세요!

하지만 이 병원도 점점 사람이 많아지면서
예약하기가 힘들어졌을 뿐 아니라

무엇보다 이직하며 거리가 너무 멀어져,
다른 병원을 알아보게 되었답니다.

드디어 동네 가까이 정신과가 생겼어요!!

새 페인트 냄새와 새 가구 냄새.

선생님은 여태껏 만난 선생님들 중에 가장
나이가 많고, 가장 인자해 보이셨어요.

인자해 보이셔...
최대한 오래 다닐 수
있었으면 좋겠다...!!

기대

기대

기대

하지만 막상 이야기를 나눠 보니, 본인
얘기를 하는 걸 매우 좋아하시는 분이었어요...

어떤 게 가장
문제인가요?

그게...
왜 살아야 하는지
잘 모르겠어요.

아 그거~
저도 몇 년 전에

우울증에
걸려 봐서
잘 아는데

!!

그때는
정말
힘들었고
~~~

다들
그럴 때가
있고~~

나는 이런 걸
이해하는 사람
~~~

혹시 종교가 있나요?
어... 딱히 없는데요;;
내가 강요하는 건 아니지만~ *종교가 있으면 마음이 평온해지고 블라블라~
부담
부담
*개인의 견해이며 특정 종교나 사상을 대변하고 있지 않습니다.
험난했던 상담이 끝나고 약을 받으려는데, 처음으로 원내 처방이 아닌 곳이었어요.
원내 처방이 아니라면 약은 어떻게 받아야 하나요?
근처 약국 가서 처방전 내고 받으시면 되세요~

모두가 드나드는 약국에 찾아가서
처방전을 내밀기도 쉽지 않았는데,

그나마도 약이 없어서 며칠을 기다려서야
받을 수 있다는 말에 매우 심란했어요.

결국 한 번 가고 다시는 안 간
비운의 병원 이야기였습니다...

안 좋은 사례를 소개해 드리긴 했지만,
모든 병원이 이렇지는 않음을 참고해주세요!

Notice✓

본 만화에 등장하는 병원, 인물들은
가공을 거쳐 특정하지 못 하게 했으며
특정 종교, 사상을 옹호/비방하지 않습니다!

지금 다니는 병원은 회사 근방의 병원입니다.

이 병원에 처음 갔던 날을 기억해요.
그날은 매우 피곤하고 지친 날이었어요.

그래서... 소파에 누웠던 기억이...

어차피 환자인데...

벌러덩

*아무도 없긴 했지만, 이후에 많이 부끄러웠답니다 ^^;

좋지 않은 첫인상에 병원을 바꿀까... 싶은 느낌.

이 병원은
좀 아닌가...?

하지만 몇 번 더 다녀보니,
가식적이지 않은 면이 괜찮다고 생각했어요.

일도 하기 싫고...
돈 많은 백수였으면
좋겠다 싶어요...
이럼 안 되겠죠?

하하 왜 안 돼요?
저도 그런걸요~

앗 의외로
인간적이시네...

또 게임 분야 등, 이야기 소재에 여러 공통점이 있어
더 편하게 얘기할 수 있었어요.

그러면서 부정적인 생각도 점점 변화해 갔어요.

#사예툰도 봐주시고...(팔로우는 안 해주심ㅠ)
선생님이 준비하시는 유튜브 채널 얘기도 한답니다.

세상에 100% 맞는 건 없으니, 장점을 조금 더
보면 좋겠다고 생각하는 계기가 되었답니다.

저는 결단코, 아싸에 가깝습니다.

그런데, 병원에만 가면 슈퍼인싸가 됩니다.

물론 정신과 선생님들은 대체로 굿 리스너시지만

적당히 친근하고 2~3주 만에 만나서 그런지
쉴 새 없이 말이 나오더라고요?

하지만 문제는 진료 시간이 10분 내외라는 것.

그래서 진료실에 들어갈 때는 흡사 스테이지에
올라가는 래퍼 같은 비장감마저 느껴요.

아웃사이더에 빙의해 속사포로 하고 싶은 말을
쏟아 내면 일종의 카타르시스를 느낀달까요..?

이걸 그리면서 선생님께 괜히 죄송한 거 같은데,
기분 탓이겠죠...?

결국 지쳐 버린 선생님은...

소재가 떨어지면 찾아뵐게요...
상담 선생님, 기다려주세요! ;-)

여태까지 제가 다닌 6개의
병원에 대해 이야기를 해 보았어요.

제 경험이 모든 경우를 다 포함할 수는 없지만,
조금이라도 참고가 되었으면 하는 마음으로 그렸어요.

병원 이야기를 마무리하며, 병원에 가기 전 몇 가지 주의해야 할 점과 병원을 고르는 기준 등을 소개해 드릴게요.

2. ★특히 첫 내원은 시간을 넉넉히 잡고 방문해 주세요!

3. 가능하면 부담 없는 거리(교통)의 병원을!

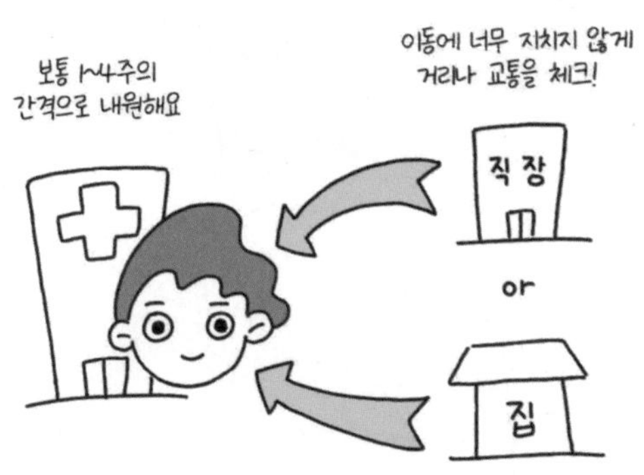

4. 아무래도 정신적인 영향을 받다 보니,
성향이 맞는 선생님을 만나는 것도 중요해요.

(그렇다고 닥터쇼핑*을 하라는 건 아니에요!)

*같은 증상을 가지고 쇼핑하듯이 의사를 고르며 돌아다니는 것

5. 전문 의료인을 믿어주세요!

약이나 상담의 효과는
천천히 나타납니다
(최소 2~3주)

하지만 종교 등을 강요하거나
법적으로 옳지 않은 행동을
권하는 선생님은 NO!

그 외의 여러 요소와 본인 우선순위를 고려해서
잘 맞는 병원을 찾아가실 수 있길 바랄게요!

곁에 있는 사람의 우울증을 대할 때

많은 분이 인스타그램 DM 등을 통해 '우울증을 겪고 있는 사람을 대할 때 어떻게 해야 하느냐'는 질문을 주시곤 합니다. 그럴 때마다 조금은 난감한데 그 이유는 사실 저도 정답을 잘 모르기 때문이에요. 모든 우울증 증상과 사람이 같지 않고, 저조차 상황에 따라 도움을 원할 때도 있고 원하지 않을 때가 있어요. 심지어 때에 따라 기분마저 천차만별이기 때문에, 틀이 있는 대답을 드리기가 참 어려웠답니다. 그저 힘들 때마다 곁에 있어주는 신랑에게 미안한 마음이 먼저 떠올랐죠.

그러다 최근에 시각장애인 관련해서 어떤 글을 읽게 되었는데요. 비시각장애인들은 시각장애인이 넘어질 것 같은 모습에 말없이 손을 뻗어 잡아 주는 행동을 배려라 생각하지만, 이것이 때로는 예고치 않은 접촉이 될 수 있다는 내용이었습니다. 선한 의도로 행한 도움의 손길이 결국 받는 사람의 상태에 따라서 잠시나마 폭력적으로 느껴질 수 있다는 거죠. 그 글을 보고 문득 깨달았답니다. 우울증을 대하는 태도도 이와 크게 다를 바 없다는 것을요.

첫째는 우울증 환자의 상태를 섣불리 판단하여 자신의 잣대를 가지고 이야기하지 않기. 단호히 말하자면 우울증은 의지력으로 이겨낼 수 있는 병이 아니니 '죽을 각오로 살아' '끝까지 버텨' 같은 이야기는 하지 말아주세요.

둘째는 안전한 방법으로 본인이 옆에 있다는 것을 알려주며 혹시 도움이 필요하냐고 묻기. 상대가 필요로 하지 않은 도움이나 행동이 때로는 폭력이 될 수 있다는 사실을 기억해 주세요.

셋째는 지금 당장 도움이 필요하지 않아도 괜찮고, 언제든 원하는 방식으로 도와줄 의사가 있다고 말해주기. 항상 필요할 때 옆에 있어줄 것이며, 도움이 어떻게 필요한지 원하는 방식을 편하게 이야기 해 달라고 해 주세요.

물론, 무엇보다 진실된 마음이 가장 중요하다고 생각해요. 다들 어느 정도는 알 수 있잖아요. 저 사람이 지금 진심인지, 아닌지를요. 이해하고 인정하는 마음이 더해져 조금만 더 조심스러운 행동으로 우울증에 걸린 사람들에게 안전하게 다가간다면, 서로 간에 오해 없이 필요한 도움을 줄 수 있을겁니다. 조금은 서툴러도 진심으로 다가가되, 약간의 배려가 있다면 서로 마음이 닿는 날이 오지 않을까요.

03

우울증의 증상과 다양한 치료

우울증이라는 이름부터도 그렇지만, 우울증 환자는 주로 우울한 기분을 많이 느끼게 되어요.

하지만 그 우울함이 너무나 고통스러운 나머지 고통을 실제로 느끼기도 한답니다.

제 경우도 가슴이 답답하거나, 누군가 심장을 꽉 쥐는 듯한 통증을 느끼곤 했었거든요.

아무도 몰라주는, 마음과 몸의 계속되는 고통...

이 고통에서 벗어나고 싶다는 간절한 마음에
... 극단적인 생각을 하기도 하죠.

또 계속되는 우울은, 평소에 즐겁고 기쁘던 일들을
예전보다 더 작게 느끼게 만들어요.

그렇게 감정들이 작아지고 작아지다 보면

텅 빈 것처럼... 아무것도 느껴지지가 않아요.

이 상태에 빠지면 감정을 느끼는 것도,
표현하는 것도 어려워져요. 그래서 많은
우울증 환자들이 '울지조차 못 하게 된다'라고 하죠.

그래서 아이러니하게도 슬퍼 보이지 않는다고,
우울해 보이지 않는다는 말을 듣기도 해요.

정작 속은 썩어 문드러져서,
소리라도 지르고 싶은 상태인데 말이에요...

우울증의 대표적 증상 중 하나로 무기력증이 있어요.

끊임없이 찾아오는 부정적인 생각들은,
몸과 마음을 힘들고 피곤하게 하거든요.

어느 날은 분명 일을 해야 하는데... 간단한
타자조차 치기 힘들었어요. 손이 움직이질 않았죠.

마치 유리로 된 벽에 갇힌 것처럼,
더는 움직일 수가 없었어요.

그때는, 그것이 우울증의 증상인지도 모르고
자신을 탓하기에 바빴어요.

부정적인 생각은 무럭무럭 자라나서...

작은 실수도 다 저의 무능력 탓인 것 같고, 모든 것이
내 탓인 것 같아 더더욱 아무것도 할 수 없었어요.

그렇게 무기력과 죄책감의 연쇄 작용으로
손가락 하나 까딱할 수 없었던 날들...

생각의 종착지에 다다르자 나만 여기서 사라지면
될 것 같았어요. 이 모든 것이, 이 고통이...

하지만, 이건 알아줘요. 당신의 잘못이 아니에요.
그러니 제발, 사라지지 말아줘요...

우울증과 기분 장애는 수면과 깊은 연관이 있어요.

우울증의 증상으로 수면 장애가 일어나거나,
수면 장애가 우울증을 악화시키는 경우도 있죠.

저는 예전엔 과수면 증상을 주로 보였어요.
처음엔 그냥 직장에서 피곤해서 그런 줄 알았죠.

하지만 잠은 계속 늘어 갔고, 나중에는 주중에
8~9시간을 자고도 주말에 12~18시간을 잤어요.

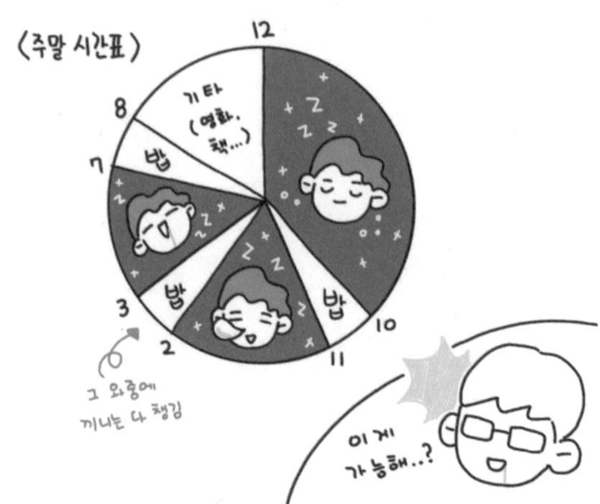

그러다 어느 날... 그 일이 일어나고 맙니다.
과수면이면서 불면인(?) 상태에 빠진 것이죠.

새벽 3~4시까지 잠이 들지 못 하지만(불면)
몸은 9시간 이상을 자고 싶은(과수면) 상태였어요.

그때는 고양이도 잠든 새벽에 혼자 일어나
과수면일 때를 그리워하곤 했어요.

과수면은 허무하지만, 괴롭지는 않았거든요.

수많은 외로운 밤들 사이사이에
따뜻한 노래들만이 저를 위로해 주곤 했죠.

지금은 수면제를 처방받아 조금씩 나아지고 있지만, 여전히 수면은 참 어려운 것 같아요.

모두 편안히 주무시라는 말로 마무리할게요.

체중과 식욕의 변화

대체로 우울증(과 약)은 체중과 식욕의 변화를 가져와요.

예전에 *식이장애를 겪은 적이 있는데,
그때만큼은 아니었지만, 우울증 때도 신경이 쓰였죠.

* 식이장애 이야기는 인스타그램 @sayelee126에서 연재 중이랍니다!

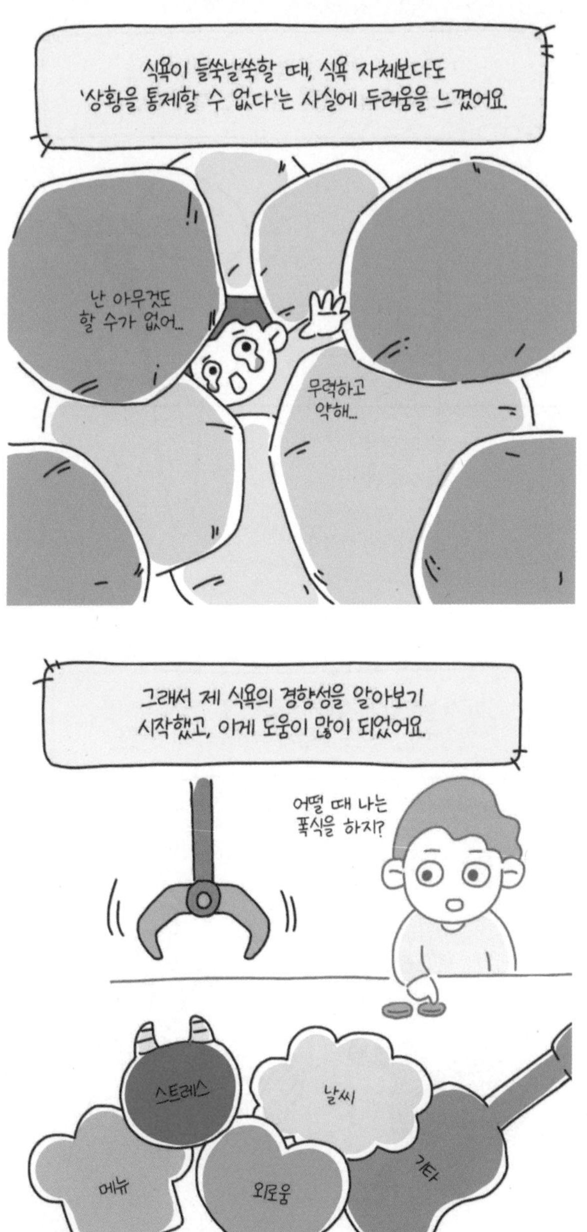
식욕이 들쑥날쑥할 때, 식욕 자체보다도
'상황을 통제할 수 없다'는 사실에 두려움을 느꼈어요.
난 아무것도
할 수가 없어...
무력하고
약해...
그래서 제 식욕의 경향성을 알아보기
시작했고, 이게 도움이 많이 되었어요.
어떨 때 나는
폭식을 하지?
스트레스
날씨
메뉴
외로움
기타

그렇게 계속 관찰한 결과, 제 식욕이(?)는
스트레스에 가장 영향을 받는다는 걸 알았답니다.

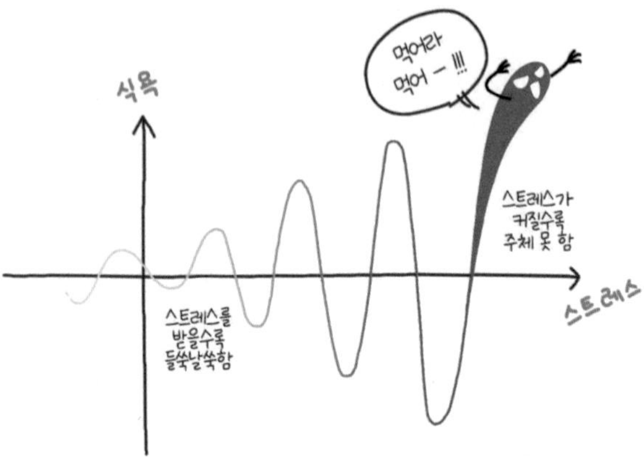

이 사실을 안게 식욕에 직접적으로 영향을 미치진
않았지만, 적어도 두렵게 여기진 않게 되었죠.

예전 같았으면 식욕은 조절할 수 없는
두렵기만 한 존재였겠지만,

스트레스를 달래는 것이 식욕을 달래는 것이며,
함께 나아갈 수 있단 것을 알고 좀 안정이 되었어요.

중요한 건 부정하고 싸우기보단 이해하고 받아들이는 거예요. 식욕을 억압하면 결국 터지게 되거든요.

이건 제 경우니 각자의 접근법을 찾으시길 바랄게요.

이후로 '우울증도 비슷하게 되지 않을까?' 하고 생각했지만, 변수가 너무 많아 실패했답니다 ^^;;;

감정
성격
관계
이성
우울증
환경
자존감
유전
기타
등등
...?

많은 정신과에서 진행하고 있는 약물치료,
약에 관한 이야기를 한번 해 보려 해요.

뭔가 사람들은 정신과 약을 먹으면
기분이 드라마틱하게 좋아지거나

혹은 멍해져서 아무것도 못 하게 된다는
선입견을 품을 때가 있는 것 같아요.

하지만 예전보다 의/약학이 발전했고, 약의
종류도 다양해져서 그런 걱정은 덜하셔도 돼요.

* 약뿐 아니라 우울증 때문인 경우도 있으니 꼭 전문가와 상의하세요!

하지만 약을 먹으면서 안전그물이 쳐진 것처럼
더는 우울함에 깊게 빠지지 않는 느낌을 받아서

약을 먹은 것에 대한 후회는 전혀 없어요.

우울증은 뇌의 신경전달물질 체계에 문제가 생긴
생물, 화학적인 문제이기 때문에,

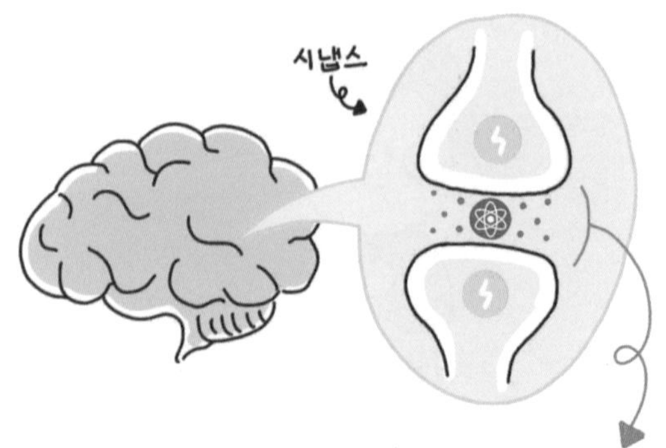

부러진 뼈가 의지로 붙지 않듯이, 뇌의 문제에
약을 사용하는 걸 부끄러워하지 말아요.

마지막으로 약 적응기, 부작용, 금단 증상 등을
피하거나 최소화하기 위해서라도 꼭!!
약 복용시 전문가와 상의해 주세요!!

약의 부작용이나 금단 증상이 두려워서
약을 먹지 않겠다고 하는 분들이 종종 있어요.

저도 종종 생각해요. '내가 기억을 가지고
과거로 돌아가도, 나는 약을 먹을까?' 라고.

몇 번을 다시 생각해 봐도, 저는 약을
먹는다이기에, 후회는 없어요.
참으로 정직한
청년이구나.
모두 선물로 주마.
어지럼증
금단 증상
녜?!
저기
도끼는요...?!

무엇보다 우울의 바닥에 있다가 지금 정도라도
안정된 데는 약의 역할이 크다고 생각해요.
MEDICINE

약이 있었기에, 완전히 부서지지 않고
한발씩 내디뎌가며 살아갈 수 있었죠.

그러다가도, '약을 평생 먹어야 하는 건가?'
라는 두려움이 밀려올 때도 있어요.

그럴 때마다, 세상에 있는, 다양한 이유로
평생 약을 먹는 사람들을 떠올린답니다.

우울증도 그런 병이고, 약은 나쁜 존재가 아니라
저의 일상을 조절해 주고 함께하는 친구라고.

우울해지면 부정적으로 생각하기 쉬워서, 그렇지 않게 하려고 의식적으로 노력해요.

Q. 이대로 약을 평생...?

그래도 무엇보다 중요한 건, 임의의 판단으로 약을 끊거나 조절하면 안 된다는 사실이에요!

사람들은 전기치료에 큰 선입견을 가지고 있는 경우가 많은 것 같아요.

* 연출된 이미지이며, 사실과 매우 다릅니다!!

하지만 조사해 본 결과, 우리의 상상과 달리 효과적인 전기치료가 있다고 해서 한번 가 보았어요.

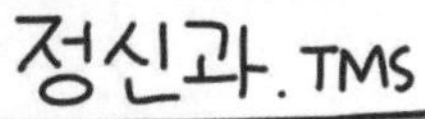

치료에 앞서 여러 가지 검사를 받았는데
그중 뇌파 측정 검사가 꽤 흥미로웠고요,

실제 뇌파 측정 결과를 가지고 설명을
해 주시는 점이 매우 흥미로웠어요.

설명 후... 드디어 *TMS 기기를 마주할 수 있었죠.

* TMS란?

경두개 자기 자극술(Transcranial magnetic stimulation)의 약자로,
자기장을 두뇌에 통과시켜 뇌의 특정 신경세포를 자극하는 뇌 자극 치료 방법

긴장되는 시작, 그리고 그 느낌은...!

... 이렇게 표현해도 되나 싶지만 마치 누군가 1초에 딱밤을 4대씩 먹이는 듯한 느낌이었어요.

치료가 끝났을 때, 우울감이 좋아졌는진 잘 모르겠지만 더는 딱밤(?)을 맞지 않아도 된다는 게 기뻤지요.

개인 사정으로 오래 다니진 못했지만(3~4번 정도) 좀 더 다녀봤으면 *효과를 보지 않았을까 하는 아쉬움이 있어요.

* 실제로도 10~20번 정도 다녀야 효과를 볼 수 있다고 합니다!

종종 의외로 의연하게 지내는 자신을 발견할 때, '이게 TMS 덕이 아닐까?' 하고 생각한답니다.

* 치료에 대한 반응 및 아픔은 사람마다 다르며, 효과 또한 사람마다 다르게 나타나니 편견 없이 도전해 보시길 바랄게요!

여기까지 우울증의 다양한 증상들과

정신과에서 받을 수 있는 치료법들에 대해서
일부 소개해 드렸어요

이외에도 상담치료, 인지치료 등의 다양한 치료가 있답니다!

이외에도 세상에는 더 많은 증상과 치료법이
있을테니, 많이 찾아보고 더 경험해 보려 해요.

우리 모두, 포기하지 말고 여러가지 치료법을 찾고
시도해 보며 우울증을 알고 조절해 나가면 좋겠어요!

“약을 늘리는 게 좋겠어요”

“약을 늘리는 게 좋겠어요.”

이 말은 저에게 주로 일보 후퇴를 상징하는 말이에요. 그날도 여느 때처럼 허탈감과 실망감이 몰아닥친 망연자실한 표정을 짓고 있었습니다. 제 마음을 고스란히 읽은 듯한 선생님은 “우울증이 아니어도 똑같아요. 두통의 강도가 10인데 일부러 약을 5만큼만 먹고 아픔을 참을 필요는 없잖아요.”라며 위로하듯이 말씀해 주셨습니다.

‘맞는 말이긴 하지만… 두통약을 먹으면 두통이 사라지듯이, 이젠 제 우울증도 좀 사라졌으면 좋겠다고요….’

그렇게 거의 두 배로 늘어난 약을 먹기 시작했고, 다행히도 증상은 많이 나아졌어요. 걸핏하면 머릿속을 장악해버리는 우울감도 꿀 먹은 벙어리처럼 아무 얘기도 하지 않았고 감정 기복도 많이 줄어들었어요. 그만큼 일의 능률은 올라서 ‘계속, 이 정도만 되어도 괜찮게 살 수 있겠는데?’ 하는 생각도 잠시 들었지요.

이렇게 기분이 좋을 때는, '그래 그냥 약을 먹어서 이 정도라도 살 수 있다면, 그건 마치 영양제를 평생 먹는 것과 같지 않을까?' 하는 생각마저 들 정도예요. 하지만 조금이라도 컨디션이 떨어지거나 기분이 저조해지면 당장 우울감이 머릿속을 장악해버리고, 저에게 나지막이 속삭입니다.

'평생 이렇게 약에나 의존하려고 그래?'

그러면 꿀 먹은 벙어리가 되어 아무 말도 할 수 없어요. 하지만 요즘의 전 기분이 좋았을 때의 제 모습을 기억해 내려합니다. 그리고 이렇게 대답해요. '그러면 어때?'라고. 그래서 이 일상을 지킬 수 있다면, 나는 이렇게 할 거라고, 몇 번이고 스스로에게 다짐하듯 이야기합니다. 사랑하는 신랑에게 웃어줄 수 있고, 고양이들에게 매일 밥을 챙겨줄 수 있고,밤마다 울지 않을 수 있다면, 이깟 약이야 얼마든지 먹을 거라고. 그러다 보면 언젠가 약을 줄이는 날도 오고, 약을 안 먹는 날도 오지 않을까 하고 조심스레 바라봅니다.

04

고통에서 벗어나기(몸)

우울이 찾아오고 끊임없이 괴롭히는 질문이 있어요.

조금만 마음이 어지러워지면 문을 열고 나와
계속해서 질문해요.

그리고 저의 불안과 두려움을 먹고 점점 자라죠.

그러다 어느 날, 그 질문을 하는 이유가
스스로 괴롭고 힘들기 때문이라는 걸 알게 되었어요.

고통스럽고 괴로울 때만 '왜'냐고 질문하니까요.
'왜 행복하냐'는 질문은 잘 안 하잖아요.

결국 도망칠 수 없다면 살아야 하니까...
그게 무엇인지 오랫동안 바라봤어요.

그렇게 알아낸 괴로움들에 이름을 붙여 주고

조금이나마 덜 괴롭기 위해
이런저런 일들을 시도해 봤어요.

물론 병원과 약도 그중 하나였지만, 이번 챕터에선
다른 방법들에 대해서도 좀 더 이야기해 보려해요.

제 한 걸음 한 걸음, 함께해요!

흔히들 우울증이라고 하면 끊임없이 슬플 거라 생각하지만

저의 경우엔, 오히려 슬프다기보단 에너지가 없는 상태에 좀 더 가까웠어요. 흔히들 '무기력증'이라고 하죠.

평소에 아무렇지도 않게 해 오던 일들이

갑자기 커져서, 더는 평소처럼 지속하기 어려워져요.

운동하기
친구와 연락
옷 차려입기
회사 가기
?!!
커져라 얍

그렇게 버티다 결국 넘어지게 되고,

일상생활조차 지속하지 못했다며
좌절하고, 스스로를 자책하게 되죠.

하지만 언제까지나 모든 걸 버리고 주저앉아 있을 순 없기에, 결국엔 계속해서 살아가야 하기에...

어느 정도는 포기하고, 조금씩 덜어내는 것에 익숙해지며 살아가게 되더라고요.

그렇게 덜어내고, 에너지를 절약하면서
살아가는 법에 익숙해져야 하겠지요.

각자에게 맞는 방법을 찾아내길 바라는 마음으로,
제가 덜어낸 것들에 대해 조금 더 얘기해 볼게요!

많은 분이 일상에서 우울증에 도움이 되는 일들을
궁금해하시는데요, 제 경우에는...

요즘... 속옷을 안 입고 다닌답니다!

... 그게 우울증이랑 무슨 상관이냐 하시겠지만,

전 화에서도 얘기했지만, 우울증이 지속되면서
뭔가를 내려놓아야겠다고 생각했거든요.

그중 하나가, 불편한 속옷이었어요.

어느 날 우연히 노 와이어 브라를 알고 도전했는데,

완전 신세계! 더는 불편한 속옷으로는 못 돌아가겠더라고요.

거기서 한 발 더 나아가 '아예 안 입고 싶다'는 욕심에 니플밴드로 넘어갔는데...

6개월 정도 사용하다, 가슴에 발진이 올라오기 시작하면서 더 이상 사용하지 못하게 되었어요.

다시 돌아가야 하나 고민하던 차에
크라우드펀딩에서 '노브라티'라는 걸 알게 되었어요.

이후로도 여러 브랜드를 비교하며 헤맸지만, 드디어
몇 개의 노브라티 브랜드에 정착하고 꾸준히 입고 있어요!

기승전 노브라티 같지만... 저에게는 그만큼 일상의
소소한 스트레스를 더는 데 도움이 되어 이야기해 봤어요.

이런 경험들로 삶을 조금씩이나마 개선해 나가면
우울증에 많이 도움이 된다는 걸 알게 되었답니다!

<몸이 편해야 마음도 편하다!> 특집,
속옷에 이어 여성용품 얘기도 좀 해 보려고 해요.

월경(생리) 자체는 피할 수 없지만.. (ㅠㅠ)

그래도 여성용품을 바꾸면 조금이라도 몸과 마음의
스트레스가 줄지 않을까 해서 도전하게 되었어요.

기존에 사용했던 기본 생리대는, 구하기 쉬운 대신
제가 사용할 땐 영 불편했어요.

첫 번째 시도는 입는 생리대!
잘 안새는 점은 좋았지만 여러 단점들이 있었고,
아무래도 일상생활에서 쓰긴 어려웠어요.

그리고 빠르게, 끝판왕(?) 생리컵에 도전했어요!

과정은 쉽진 않았어요. 처음엔 한 시간 동안이나
넣질 못해서 화장실에서 엉엉 울기도 했답니다...

결국 성공했고, 확실히 장점이 많긴 했는데...
분명히 신세계임에도 제겐 조금 어려웠어요.

마지막이다 싶어 탐폰에도 도전해봤는데,
이게 생각보다 너무 잘 맞는 거 있죠???

모두가 좋다고 하는 것보다, 자신에게 맞는 걸
찾아야겠다고 깨닫게 된 경험이었답니다.

여러분은 어떤 여성용품을 쓰세요? 만족하시나요? :-)

보통 우울증이라면 마음만 괴로울 거라 생각하지만,

저는 몸의 괴로움도 마음의 괴로움에 못지않답니다.

우울증이 심해지면 몸살감기처럼 아파서,
열이 나거나 온몸이 두들겨 맞은 것 같았어요.

어느 날은 선생님께,

라고 했더니,

선생님은 웃으면서,
그게 바로
*자율신경계라는
거예요.
* 내 의지와 상관없이 기관이나
조직 활동을 지배하는 신경계
... 라고 대답해 주셨어요.
그렇다면 The 지옥의 무한루프 완성...?
몸이 아프다
체력저하
무기력해짐
정신건강 악화
조금이나마
컨트롤 가능한(?)
부분
그럼 여기가
좋아진다면...?

하지만 건강과 체력의 경우 빨리, 쉽게 나아지는
길은 없더라고요. 꾸준한 노력과 시간밖에는요.

이런 일들을 겪으며, 돈만으로 해결이 가능한 문제는
제일 쉬운 문제가 아닐까?라는 생각이 들 정도였어요.

그리고 건강과 체력이 나아지면 우울증에 확실히 도움이 되지만, 문제를 100% 해결해 주진 못한다는 것...

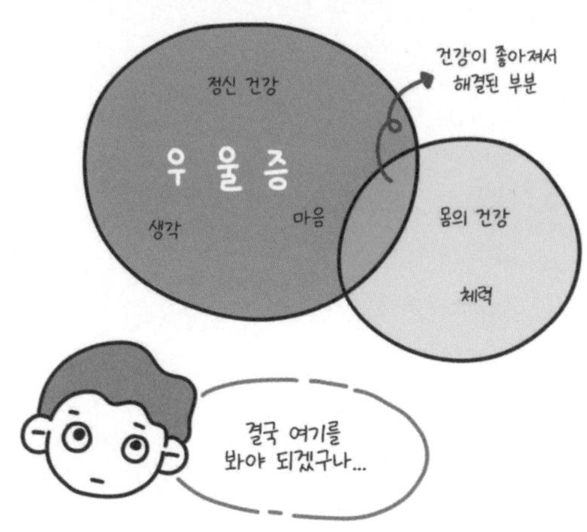

그래서 다음 챕터에선 생각과 마음을 위해 한 일들에 대해 이야기해 볼게요.

의외로 몸의 문제

많은 사람이 우울증을 '마음의 병'이라고 합니다. 기분에 영향을 받는 우울증 증상이 있고, 지속되는 증상들은 마음에도 영향을 미치기 때문에 틀린 말은 아니라고 생각해요. 하지만 저는 의외로 우울증의 많은 부분이 우리의 몸과 얽혀서 영향을 주고 받고 있다고 생각합니다. 몸은 마음의 집이자 몸이 없이는 마음이 있을 수 없고, 우리의 생각과 마음 또한 전기 신호와 화학물질로 이루어져 있으니까요.

언젠가부터 바다 깊은 곳을 걷거나 우주 한가운데 떠 있는 듯한 느낌을 종종 받았어요. 단순히 '기분'이 아니라 실제로 숨이 막히거나 가슴이 답답하고, 어지러워서 머리가 지끈거렸죠. 그때는 어딘가 안 좋은 게 아닌가 하여 신경외과나 여러 병원을 전전했지만, 원인을 알 수 없었고, 받아온 약들도 효과가 없었어요. 정말 나중에야 알았습니다. 이 모든 게 우울증의 증상 중 하나라는 것을요.

이렇게 우울증이 몸의 문제로 드러나는 것을 보면, 정확히는 알 수 없지만, 몸과 마음이 어떻게든 연관이 되어 있다는 사실을 알 수 있어요. 타이레놀이 몸의 아픔에 효과가 있다는 건 널리 알려져 있지만 , 실연의 아픔에도 효과가 있다는 연구 결과는 많이들 모르실 거예요. 이 연구는 몸과 마음이 어떻게든 깊게 연결되어 있다는 걸 보여주는 좋은 예지요.

몸과 마음의 관계로 인해 마음의 상태가 몸의 증상으로 나타나기도 하지만, 반대로 몸을 통해 우울증에 다가갈 방법도 있다는 사실에 저는 종종 희망을 느끼곤 합니다. 세끼 밥을 꼬박꼬박 잘 챙겨 먹기, 밤에 푹 자기, 따뜻한 물로 샤워 하기, 손을 조금 뻗어 스트레칭을 하기… 일상 속의 사소한 행동들이 몸뿐만 아니라 마음의 병에도 도움이 될 수 있다는 이야기예요.

그럼에도 불구하고 사실 이런 이야기를 들으면 '그걸 못해서 이러고 있는 건데…' 하고 멍하게 있습니다. 이러한 단순한 행위조차 어려울 수 있을 게 우울증의 증상이니까요. 그렇다면 잠시 창문을 열고 햇볕을 쬐는 것부터 시작해 보면 어떨까요? 햇볕을 쬐는 건 몸이지만, 햇볕이 마음에 닿아 그 안에 한 줄기 햇살을 선사해 줄 수도 있으니까요!

그렇게 작은 일부터 한 걸음씩 시작해 보는 거예요.

05

고통에서 벗어나기 (마음)

바쁘고 여유가 없을 때, 제대로 차린 밥보다
쉽고 빠른 패스트푸드를 찾게 되는 것처럼,

우울증은 사람이 생각하는 방향을
올바른 길 보단 쉬운 길로 바꿔버립니다.

의외로, 잘 될 거라는 생각보다
안 될 거라고 생각하는 게 더 쉽거든요.

이미 한 번 굳어진 생각의 습관을 바꿔주진 못해서,
의식적으로 습관을 바꾸지 못하면 도루묵이에요.

그렇다고 무턱대고 긍정적이어야 한다거나,
무조건 자신을 사랑해야 한다는 얘기는 아니에요.

... 그건 저도 잘 못하거든요.

우선은, 남에게 못할 말은 나에게도 하지 않기.

그리고 무언가 안 좋은 생각이 올라올 때,
그 생각에 잠기기 전에 다시 한 번 생각을 정리해보기.

그게 진짜 맞는 생각인지, 우울로 인한
왜곡된 생각인지 아는 게 중요해요.

...하지만 혼자 하긴 쉽지 않아요.

이럴 땐 병원뿐 아니라 심리 상담 전문가로부터도 도움을
받을 수 있어요. 다음 화에서는 심리 상담 이야기를 해 볼게요!

사람들에게 심리 상담은, 병원보다 가까이 있는 것 같아요.

저조차도, 정신과보다 심리 상담 센터를 더 먼저 찾았거든요. 어머니와 함께 말이에요.

제가 느낀 상담의 장점은 다음과 같아요.
1) 기록이 남지 않고, 사람들의 인식이 나은 편이다.

2) 우울증 초기에 매우 도움이 된다.

3) 병원과는 달리 생각 자체에 초점을 맞춰서 생각의 방향을 교정하는 데 도움이 되어요.

그에 비해 단점은 1) 의료보험이 적용되지 않아 정신과보다 비용이 더 많이 든다.

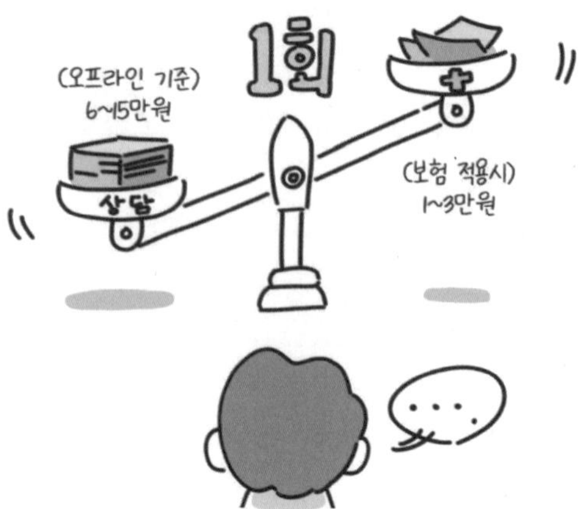

2) 선생님과의 성향이 정신과보다 중요하며 맞지 않으면 계속 제자리걸음을 한다.

3) 효과를 보는 데 시간이 오래 걸린다.

가격의 경우 학교, 구 등에서 운영하는 상담이나 온라인 상담을 이용하면 저렴하니 참고하세요!

상담 센터 경험이 많지는 않지만, (다음 화부턴) 제 경험이나마 조금씩 소개해 드릴게요.

첫 상담을 받을 때, 저는 식이장애로 엉망이 되어 있었어요.

그걸 알게 된 엄마는 자신이 다니던
상담 센터를 추천했고, 같이 가 보게 되었죠.

선생님께 갈 땐 주로 제가 괴로울 때였어요.

그렇게 한 회기, 두 회기가 지나고...
오늘 기분은 좀 어떠니?
1
2
3
4

오랜 시간이 지났죠.

그렇게 그날이 되었어요.
오늘 기분은 좀 어떠니?
어... 좀 괜찮아요. 잔잔한 파도가 밀려왔다 나갔다 반복하는 거 같아요.

그래,
그거야!
?!

오늘을, 지금 이 느낌을
꼭 기억해야 해.
파도가 몰아쳐도 언젠가는
잠잠해질 수 있단다.
그 순간 안개가 걷힌 것 같았어요.

그 후로는 비바람을 걸어도, 작은 햇빛을 꿈꿀 수 있었어요.

종종 제 마음에 비가 내리면 생각나는...

지금은 뵙기 어렵지만 너무 뵙고 싶은, 우리 선생님.

최근엔 회사에서 지원해 주는 상담 센터에 다녔어요.

새 선생님은 예전 선생님하고는 조금 달랐어요.
그래서 처음에는 적응이 좀 어려웠어요.

예전 선생님이 자애로움, 포용력으로 감싸 주었다면
이 선생님은 좀 더 강하게 키우는 스타일이랄까요?

가장 놀랐을 땐, '그건 아니에요'라는 말을
들었을 때였어요.

30살이 넘어서, 잘 알지 못하는 누군가에게
'그건 아니에요' 라는 말을 듣는 게 좀 충격이었나 봐요.

(실제로 이렇게 말씀하신 건 아니랍니다 ^^;;)

예전 같았으면 화를 내거나, 선생님이 맞지 않으니
바꿔 달라고 했었을 것 같아요.

하지만 이번에는, 이걸 넘어서면 무언가 보일까..?
하는 생각이 들어서 용기를 내 보았어요.

다행히 그 이후로 조금씩 나아지고 있다고 느껴요. 이걸 받아들일 수 있을 때, 선생님을 만난 것도 다행인 거 같고요.

지금도 가끔은 부담스럽지만…

그래도 함께 생각하며 나아간다는 점에서
만족스러운 선생님이에요! :)

부끄럽지만, 한때 온라인 상담에 편견이 있었어요.

하지만 야근 후 울면서 집에 돌아오던 어느 날,
온라인 상담에 도전해 봐야겠다 생각했답니다.

처음 받은 온라인 상담은... 생각보다 장점이 많았어요!

장점 1. 장소와 시간에 덜 구애받는다.

장점 2. 말보다 빠른 손(타자)

장점 3. 예약/취소를 온라인으로 할 수 있다.

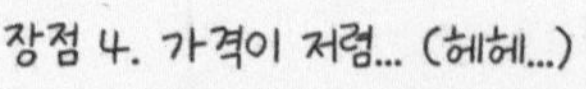

그렇게 3회기를 진행하고 한 가지 단점을 발견하는데...
단점 : 선생님이... 갑자기... 사라졌다?!?!?

이미 3회기나 했는데 또 새 선생님과 이걸 다시 해야 해?
싫어서 그 이후로는 엄두가 안 난 온라인 상담 ㅠㅠ

하지만 흔한 경우는 아니고, 장점이 꽤 많아서
고민 중이시라면 도전해 보시는 것을 추천합니다!

감정의 파도를 넘어서

우울증 환자 6년. 이쯤 되면 우울 및 감정의 전문가가 되어 있을 법도 한데, 부끄럽지만 지금도 감정의 파도가 밀려올 때는 두려운 마음이 먼저 듭니다. 특히 우울함이나 불안과 같은 부정적인 감정이 올 때는 그 속에서 손 쓸 수도 없이 허우적대기도 해요.

예전에는 강한 사람이 되고 싶었어요. 우울마저도 똑바로 마주 볼 수 있는 사람이 되고 싶었죠. 그래서 그 감정들을 모조리 감내하며 버티려고 했습니다. 하지만 심연을 바라보면 심연도 저를 바라본다고 했던가요. 제가 알게 된 사실은 우울에는 끝이 없고 인간은 그 앞에서 무력하다는 사실이었어요. 형편없이 부러지고 난 다음에야 깨달았죠.

부러지는 게 두려워 감정을 억눌러 놓을 때도 있었어요. 마치 그 감정을 느끼지 않는 양, 꾹꾹 누르고 아무 일 없는 듯 살려고 할 때도 있었죠. 하지만 그렇게 눌러놓은 감정은 언젠가는 터지기 마련이었고, 원래의 몇 배로 커져 돌아와 괴롭히곤 했어요. 그런 감정의 폭발을 몇 번 겪고 나니 더 이상 이렇게 살 수는 없겠더라고요.

몇 번의 실패를 겪은 다음에야, 조금은 그 속에서 힘을 빼는 방법을 알아 갈 수 있었습니다. 가끔은 감정의 파도를 따라 흔들리기도 하고, 때로는 깊고 잔잔한 바닷속으로 숨어보기도 하면서, 감정을 거부하지는 않되 정면으로 맞서지는 않으려 하는 거지요. 그러고 나서 흘려보낼 것들을 찾아보곤 해요. 그게 책이나 영화가 될 때도 있고 게임이나 잠 또는 명상이 될 때도 있어요. 중요한 건 몸과 마음을 조금 움직여보면서 감정이 한자리에 고여 있지 않도록 해 보는 거예요. 너무 깊어지지 않도록 말이죠.

해는 매일매일 뜨고 진답니다. 어느 드라마에서 천년만년 가는 슬픔도, 기쁨도 없다고 했듯이, 이 감정도 영원하지 않을 것임을 믿는 거예요. 그렇게 마음속 심연에 고여 있는 파도와 끝없는 싸움을 멈추고 조금씩 흘려보내다 보면 매일 하늘에서 뜨고 지는 햇살을 마주하고 마음에 빛을 들이게 되는 날이 찾아오지 않을까요.

06

시간이 지나며

우울증은, 시기에 따라 조금씩 변화하는 것 같아요.

우울증 초기에는 우울의 파도에 대한 절망도 크고
햇빛이 비칠 때의 기쁜 마음도 크다면

몇 년이 지나니 무뎐해지더라구요.
파도도 그냥 견딜 만하고 햇빛도 '음 왔구나' 싶어요.

언뜻 보면 좋아 보이지만...
경험상으로는 이때가 더 위험하답니다.

견딜 만하다 해도,
파도에 마음이 깎이는 건 마찬가지인데

'그냥 견딜 만하지 뭐...' 하면서 마음을 방치하다

과거

현재

깨지면 안 돼
ㅠㅠ

견딜 만한데
뭐...

그러다 어느 날 갑자기, 와르르 무너지게 되죠.

그래서 오래될수록 무뎌지는 이 시기를
특히 조심해야 한다고 생각해요.

언제라도 항상 나의 마음을 잘 들여다보고
작은 상처라도 지나치지 말고 보살펴 주는 게 중요해요.

우울증 초반이시거나 장기전에 들어선 분들
이겨내고 계시는 분들 모두모두 화이팅이에요!!

어느 날부턴가, 이런 생각이 들기 시작했어요.

인생에 즐거움도 있지만 괴로움도 피할 수 없고,

그게 평생 반복되는 게 삶의 본질이라는 것.

그 사실이 너무나도 허무하게 느껴지는 날들이 이어졌어요.

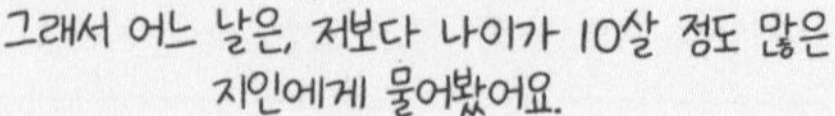
그래서 어느 날은, 저보다 나이가 10살 정도 많은 지인에게 물어봤어요.
그 나이가 되면(?) 인생이 허무하지 않아요? 뭘 보고 살아요?
무례한 질문 죄송했습니다 ^^;;
삶에는 '의외성' 이라는 게 있단다. 나는 내가 이 나이에 고양이를 키울 줄 몰랐는데 키워보니 재미있더구나.
?!
역시 답은 고양이인가...??

그때는 그게 무슨 말인지 잘 몰랐는데,
난 왠만한 건
다 해 본 거 같은데...
다른 의외성이 있을까?
스카이 다이빙
유경험자
결혼함
자전거 여행
유경험자
고양이 키움

어느 날, 우연히 보게 된 박막례님 유튜브가
이런 생각을 바꾸어 주는 계기가 되었답니다.
크하하핫
저 나이에도 저렇게
멋지게 살 수 있구나..!
Korean
Grandma

또 박막례님 이외에도 많은 유튜버들을 찾아보며
다양한 삶의 의외성을 찾을 수 있었어요.

그 후로 삶의 의외성은 작은 별이 되어 삶이 허무할 때,
마음 한쪽에 은은한 빛을 내주게 되었답니다.

여러분 마음의 빛은 무엇인가요?

(재수없게 들리지만) 어렸을 땐 공부를 쫌 하는 편이었어요.

그래서일까요, 좋은 학교, 좋은 회사에 합격하고
칭찬을 받는 것이 자존감의 원천인 때가 있었어요.

하지만 그런 자존감의 끝은 너무나 분명했어요

날고 기는 사람들을 모아 놓은 곳에서 저는 한없이 작았고,

그리고 그걸 극복하려 애쓰는 과정에서,
몸과 마음의 병을 얻게 되었죠.

저는 이런 병들이 자존감이 없어서 생기는 것이라고,
자존감이 생기면 나을 수 있다고 생각했어요.

부족한 자존감을 책을 읽고 공부해서 채우려 했지만
... 잘 되지는 않았어요.

그러던 중, 전혀 예상치 못한 곳에서 문제의 실마리를 찾았어요.

그걸 알게 된 건 결혼을 하면서였죠.

내가 선택한 가족을 이루면서... 존재 자체로 인정받는다는 느낌. 지속 가능하게, 건강히 소속된다는 느낌을 느꼈거든요.

더 이상 누군가와 비교하지 않아도 된다는 걸 알았고,

언젠가부터, 자존감에 대한 생각을 더 이상 하지 않게 되었어요.

결국, 그 모든 것으로부터 놓여나는것이
진정한 회복이라는 것을 알게 되었답니다.

우울증도, 언젠가 그런 날이 올까요?

누구나 그렇듯이, 모든 게 다 좋은 날도 있지만

그렇지 못한 날도 언젠가는 찾아오죠.

그 어느 날 밤, 신랑은 조용히 이렇게 말해주었어요.

...
응, 안 사라질게.

벌써 늦었네,
자러 가야지.
응, 그래.

사랑해요.
잘 자요!
응, 나도
사랑해♥

하지만, 신랑은 모를 거에요.
사실은...

그래도, 이것만은 확실하다고 생각한 밤이었어요.

그 당시에 저는 제가 그저 우주의 먼지 같은 존재이고,
아무런 의미가 없다는 생각에 괴로워하곤 했어요.

그걸 해결해 준 것은, '겨울왕국'의 엘사였어요.

안나가 엘사에게 함께 산을 내려가자는 장면에서,
엘사는 거절하면서 이렇게 말하죠.

그 장면에서 문득 깨달았어요.

나는 우주의 먼지, 심지어 괴로운 먼지지만...

그만큼 또 자유로울 수 있죠.

그 순간, 존재에는 의미가 필요 없다는 생각이
들면서 정말로 자유로워지는 느낌이 들었어요.

물론 이 사실을 단번에 깨닫고 납득한 건 아니지만,
지금은 그 사실을 꽤나 즐길 정도랍니다.

여러분도, 눈을 감고 한번 상상해보세요.

나는 뽀짝한 우주의 먼지고,

그 누구보다도 자유롭다고!

의미를 찾기 어렵다면

'나는 왜 사는 걸까?'라고 종종 질문을 던지곤 합니다. 정확히 말하면 지금 이 고통을 감내해야 할 삶의 의미가 있었으면 좋겠다고 생각합니다. 이 고통을 이겨내면 언젠가 그 고통에 의미가 있었다고 칭찬받고 싶은 거죠. 하지만 오랜 시간 찾아 헤매어도 삶의 의미를 찾기는 어려웠고 그럴 때마다 좌절하곤 했어요. 어느 날, 어떤 화장실에서 무심코 읽은 명언 문구가 모든 걸 바꾸기 전까지는 말이죠.

'삶은 의미가 아니라 욕망이다.'

다행히도 욕망은 의미보다 찾기 쉬웠어요. 마치 제가 얼마 전에 산 컵 처럼요. 저는 얼마 전에 3만원짜리 컵을 하나 샀답니다. 3만원이라면 컵 하나를 사기에는 조금 비싼 돈이지만 컵을 본 순간 한눈에 반해버렸고 의미보단 욕망에 앞선 소비를 하고 말았어요. 잠시 '괜찮나?' 하고 생각했지만, 컵 무늬 하나하나에 집중하고 손으로 만질 때의 촉

감이 그 생각을 잊게 만들었어요. 커피를 마실 때마다 기분이 너무 좋아서 컵 자체에 대한 의미는 잊어버리고 그 순간을 즐기기에 바빴죠.

인스타에 만화를 그려 올린 것도 의미가 아니라 욕망에서 비롯되었답니다. 이해받고 싶고, 좀 더 예쁘게 이 마음을 표현하고 싶고, 그로 말미암아 사람들에게 사랑받고 싶은 욕망이요. 하지만 그 욕망이 지금은 더 많은 사람을 이해하고 싶고, 더 많은 사람과 소통하고 싶은 의미가 되어 있는 걸 발견할 때마다 조금 놀라곤 해요. 경험을 통해 욕망을 따라가는 게 삶의 의미가 되기도 한다는 걸 깨닫게 된 거죠.

자신의 삶과 행위에서 의미를 찾기 힘들다면, 그로 인해 더 큰 고통을 견뎌내고 있다면.. 어둠 속에서 어디로 가야 하는지, 왜 가야 하는지도 모르는 길을 더듬더듬 찾아가기 보다는 당장 눈앞에 보이는 욕망을 따라가보면 어떨까요? 그러다 보면 언젠가 의미가 따라 오지 않을까, 하고 생각해 봅니다.

07

맺으며

만화를 시작하고, 주변 사람들에게 '왜 우울증 이야기를 그려?'라는 질문을 많이 받았어요.

'우울증 이야기는 이미 많잖아. 레드오션 아냐?' 라는 이야기도 많이 들었죠.

스스로도 그렇게 생각했고, 그래서 멀어져가던 꿈.

그러다 어느 날, 신랑과 대화를 하던 중
예상치 못한 사실을 알게 되었어요.

우울은 제겐 너무 익숙해서 다른 사람도 당연히 그렇게 생각할 거라 여겼지만 그렇지 않았죠.

그리고 어느 날은 고양이를 껴안고 위로받다가 이런 생각도 들었어요.

또한, 남에겐 평범한 빛이 제게는 그렇지 않다는 것.

그러니 우울증이 처음일 누군가에겐, 다른 사람의
우울과 빛이 아무리 많아도 부족하지 않으리란 것.

...제 이야기도 누군가에겐 가치 있으리라는 것.

그리고 언젠간 이 빛이 제 마음도 밝혀주리라는,
그런 생각이 들어 우울증 이야기를 시작하게 되었다고...

이 책을 쓰면서 많은 분으로부터 많은 도움을 받았답니다. 그러면서 이런 생각을 했어요.

다양한 사람과의 관계에서

내가 받는 게 더 많은 관계가 있고

내가 주는 것이 더 많은 관계도 있어요.

모든 관계가 주는 만큼 받을 수 있다면
깔끔하겠지만, 그럴 수는 없다는 걸 알기에...

그저 내가 바랄 수 있는 건,

나에게 더 많이 준 사람이, 다른 사람과의
관계에선 준 것보다 더 많이 받기를.

그리고 나에게 더 많이 받아 간 사람이
또 다른 사람에게는 더 많이 주기를.

그렇게 결과적으로 모두 부족함 없이 행복하기를.

그리고 나 스스로도, 더 많은 사람들에게
더 많이 줄 수 있게 마음이 풍요로워지기를..

그렇게 바라면서 조금씩 조금씩,
이 책을 마무리해갑니다... ;-)

많은 이야기들이, '그렇게 행복하게 살았답니다'라는 해피엔딩으로 끝나곤 해요.

만화를 그리고 책을 쓰며, 마지막에는 제 이야기도 그렇게 행복하고 예쁘게 끝나기를 바랐지만...

...저는 여전히, 괜찮은 날들도 있고
하루 하루 버티는 날도 있는 우울증 환자랍니다.

그래도 그동안 제게 생긴 작은 희망이 있다면...

만약 좌절한 끝에 방구석에 홀로 쓸쓸히 남겨진다고 해도,
그래서 마음의 고삐를 모두 풀어버린다고 해도...

사랑하는 사람들(과 고양이들)을 위해 살아가리라고,
이들을 두고 혼자 사라져가진 않을 것이라는 믿음.

그리고 나와 같은 많은 사람들을 위해
작은 촛불을 켜 놓으리라는 믿음.

그 빛이 또 다른 사람들에게,
더 많은 사람들에게 전해져 나가기를 바라면서…

그런 전 완벽하진 않아도, 꽤 괜찮은 사람이라는 것.

저뿐만 아니라 여러분도 마찬가지예요.
우리 모두, 살아도 충분히 괜찮은 사람이라는 거!

이 우울은 어디서 온 걸까

저는 언제나 궁금했어요. 이 우울은 과연 어디서 온 건지.

처음 엄마에게 죽고 싶다고 말했던 초등학교 1학년 때, 혹은 그전부터 이미 제 안에 심어져 있던 것일까요? (그래서 초등학교 1학년 담임 선생님께 요주의 인물이 되었다고 해요…) 빨리 성숙해지고 싶다고 중학교 때 <상실의 시대>를 읽으면서 여주인공에게 공감하던 그 순간에 온 걸까요? 혹시 나로 인해 시작된 게 아니라면… 바이러스에 감염되듯 누군가로부터 전해져 온 걸까요?

언제 어떻게 왔는지와 상관없이, 이 우울의 씨앗이 차근차근 자라서 큰 나무가 되어 제 마음에 그늘을 드리우고 있는 거라고 생각하던 날들이 있었어요. 그리고 이 그늘이 세상의 전부라고 생각하던 때가 있었죠. 그때는 그늘에서 벗어나는 날이 오지 않을 것만 같았어요.

그렇게 그늘이 짙게 드리운 어둠 속이 제 세상의 전부라고 생각했었죠.

하지만… 따뜻한 사람들을 만나고 그들의 온기를 받으며 깨달았어요. 이 나무가 어디에서 왔는지, 언제 이렇게 자라났는지 모르지만, 이 그늘 속에 있을 때조차도 나뭇잎 틈새로 들어오던 햇빛을 느끼던 나날들이 있었다는 걸. 그리고 이 그늘 뒤에도 내가 모르는 다른 세상이 있을지도 모른다고 생각했죠. 이 나무가 제 인생에 나쁜 존재만은 아니었을 수도 있어요.비록 너무 무성하게 자라 그늘이 짙긴 하지만, 나무가 있고 그늘이 있어 빛을 더 소중히 여길 수 있었던 게 아닐까요. 이 나무의 그늘이 진짜 비바람으로부터 저를 지켜줬을지도 모릅니다.

우울의 어둠이 만들어낸 마음의 그늘이 아니라, 따사로운 햇살 속에서 잠시 쉬어 갈 수 있는 마음의 휴식처가 되기를 바라며, 언젠가는 이 나무 꼭대기에 올라가 햇살을 듬뿍 받을 수 있기를. 이 나무가 어디에서 왔는지 궁금해 하거나 너무 미워하지 않고 마음 한편을 내어줄 수 있는 날이 오기를 꿈꿔봅니다.

[번외]

소소한 사예의 일상

가끔 이런 생각이 찾아올 때가 있어요.

...그건 제가 가장 두려워하는 말이기도 해요.

그건 얼마 전 새벽, 방광염으로 잠이 깨어
변기에 앉아 괴로워하면서도 마찬가지였죠.

결국 월차를 쓰고 산부인과로 가는데,

유난이다..

나약해

지만 아프지...

모두가 나를 쳐다보며 한마디씩 하는 것 같았어요.

그래서 선생님이 이렇게 말해 주었을 때,

그 말이 가슴속에 콕 박혀서, 벅차올라서…

너무 안심한 나머지, 그만 눈물을 쏟고 말았어요.

집에 오는 길에는 아무도 신경쓰이지 않았고,
...

그리고...
사실, 우울증도
마찬가지 아닐까?

그러니 우리, 우리를 좀 더 믿어줘요.
이 감정도, 아픔도 진짜니까요.

옆에 같이 있을게요. 그리고 말해줄게요.
고생했다고, 잘하고 있다고, 수고했다고...

그런 날이 있잖아요.
울고 싶은데 눈물은 나오지 않는 날.

그런 날은 집에 와서
엄청 슬픈 영화를 틀곤 해요.

<리빙 포인트> 울 때 물티슈를 쓰면
코와 눈 주위 피부가 덜 헐어요!

그리고 그날 본 영화는 <안녕, 베일리>였어요.

처음에 딱 개가 나오자마자,
개가 주인을 만나자마자 이런 생각이 들어서

결국 영화가 시작하자마자 울기 시작했고...

영화 끝까지 2시간 동안 펑펑 울었어요.

그리고 잠들었더니 다음날 머리는 좀 아팠지만
마음은 깨끗하게 씻겨 나간 느낌이었어요.

어릴 땐, 우는 건 어른스럽지 못한 거라고 생각했어요.

하지만 나이가 들면서 많은 감정을 배웠고,
그 감정들을 표현하는 눈물이 나쁘지 않단 걸 알았죠.

고여 있다면 흘려보내고 비우는 하루도
나쁘지 않은 거 같아요 (3_3)

딸을 게임시간으로 8년 키우면, 어떻게 키웠냐에
따라 다른 엔딩을 볼 수 있게 되는데요.

분명히 저는 공주를 만들고 싶었는데,

제가 키우는 딸들은 공주가 아닌
선생님이나 농부나 검사가 되곤 했어요.

어렸던 저는 그러한 결말에 매번 실망했지만

어느새 (몸만) 훌쩍 커버린 저는,
그녀들의 마지막 편지를 생각하곤 해요.

그 편지에는 '꿈과는 다른 길로 와버렸지만,
그래도 행복하다'라고 쓰여 있었죠.

그렇다면 저는 어떨까요?

제 꿈은 무엇이었을까요?
결국 어디로 온 걸까요? 또 어디로 갈까요?

그리고 저는 그녀들처럼 행복할 수 있을까요?

언제쯤에야 그걸 알 수 있을까 궁금해하는,
30대의 어느 하루였답니다.

저는 가끔 운전을 할 때, 신랑과 결혼해야겠다고
다짐했던 그날을 떠올리곤 합니다.

그때는 끝이 보이지 않는 터널 안이었고,

저는 엑셀을 밟는 중이었으며,

너무나 우울한 상태였어요.

그리고 무심코-
왜 살아야 하는지,
모르겠어...

말을 해놓고 아차, 싶었어요. 보통 이런 말을 하면
사람들은 곤란해하면서 이야기하곤 했거든요.
살아 있으니
사는거지...
어우야~
그런 얘기
하지마...

그런데 신랑은-
그 이유를...
나랑 같이 찾아보면
안 될까?
응, 그래요...

그 대화가 끝날 무렵
터널의 출구가 보이기 시작했고,

그때 종소리는 들리지 않았지만,
이 사람과 결혼해야겠다고 생각했답니다.

때때로 만화를 그리긴 저의 감정을
건네주는 장치라고 생각이 들 때가 있어요.

감정 중에도 기쁨과 즐거움은 말랑말랑해서

조금만 다듬어도 누군가에게 건넬 수 있지만

슬픔과 괴로움은 무겁고 날카로워서

다듬지 않은 채로 다른 사람에게 줄 수 없고,

다듬을 때조차 제 손을 다칠 때가 많아요.

하지만 너무 많이 다듬으면 뭔지 모르게 되어서...

그만큼 슬픔과 괴로움을 다듬는 건 어려운 일이라
가끔 엄두가 안 날 때도 많답니다.

그래서 슬픔과 괴로움, 아픔을 잘 표현하는
작가님들을 보면 너무 부럽고 존경스러워요...

저도 언젠가 슬픔과 괴로움을 잘 다듬어
반짝반짝하게 만들 수 있도록 노력할게요♥

사라지고 싶지만 살고 싶어

사람들은 우울증 환자가 정말 죽고 싶다는 생각을 한다고 종종 오해하곤 합니다.

사실은 그렇지 않아요. 우리는 죽고 싶은 게 아니라 그저 이 고통스러운 삶을, 더 이상 버티기가 너무 힘들뿐이랍니다. 회사가 고통스러우면 퇴사를 하면 된다지만, 삶이 고통스러우면 어떻게 해야 하는 걸까요?

그 중에서 겁이 많은 저는 항상 사라지고싶어 했어요. 마치 게임에서 로그아웃하듯이, 제 인생도 간단하게 버튼 하나로 조용히, 그리고 아무도 모르게 끝이 나길 매일 기도했어요. 그렇게 사라지게 해달라고 기도하면서조차 울었는데, 그 눈물의 끝에서야 내가 정말 원하는 건 죽음이 아니라는 것을 알았어요.

나는 사라지고 싶다.

아니다, 그저 더 이상 고통스럽고 싶지 않다.

고통스럽게, 살고 싶지 않다.

… 고통스럽지 않게, 살고 싶다.

나는… 살고 싶다.

그걸 알고 나서도 어떻게 하면 고통스럽지 않게 살 수 있을지에 대해 생각하고 또 생각했지만… 제가 할 수 있는 일은 아무것도 없어 보였고, 또 다시 절망했어요… 병원에 가고 약을 먹기 전까진 말이죠. 약을 먹고 나서, 너무도 오랜만에 '사라지고 싶다'는 생각이 들지 않았어요. 항상 마음속을 누르고 있던 돌덩이가 약간 가벼워진 것 같아 깊게 숨을 들이 마시고 내쉴 수 있었죠.

그것은 매우 생경한 느낌이었고, 보통은 이렇게 살고 있구나 싶어서 조금 눈물이 날 것 같았어요. 그래서, 저처럼 사라지고 싶어 하는 많은 사람들이 한 번이라도 이런 기분을 느껴보고 조금이라도 더 삶에 다가가 보았으면 하는 마음에 이런 경험들을 만화로 그리기 시작했습니다. 하지만 그 과정이 그리 순탄하지는 않았죠. 아직 우울증에서 완전히 벗어나지 못한 상태라 쉽게 답을 드릴 수도 없었고, 그저 해드릴 수 있는 거라곤 제 경험을 나누며 같이 고민을 이어 나가는 것뿐. 자괴감이 드는 날도 있었고, 제 마음속 깊이 묻힌 어둠을 마주하는 시간이 쉽지 않을 때도 있었거든요.

이런 힘든 여정을 이겨낼 수 있었던 건 항상 제 옆에서 제 마음을 안아주고 보살펴준 신랑과 고양이들, 부모님과 가족들, 함께 작업한 윤성 작가님, 처음 책을 내는 저를 잘 이끌어주신 동양북스 편집자 이선민님,

저를 응원해주었던 친구들, 무엇보다도 만화를 봐주시고 만화로부터 위로와 공감을 받아주신 독자분들이 있었기 때문이라고 생각합니다.

아직 어둠 속에 계신 분이 있다면 조금만 더 용기를 내주시기를 진심으로 바라고 응원하고 있습니다. 그 여정을 이끌어 드리지는 못해도 손잡고 같이 걸어가 드릴게요, 천천히 한 걸음씩 같이 나아가요. 그렇게 모두가 이 길고 긴 어둠에서 나와 밝은 세상 속에서 조금씩 삶의 의미를 발견하고 행복을 찾아 나가셨으면 좋겠습니다.

함께 살아봐요, 우리.

마음은 파란데 체온은 정상입니다

초판 1쇄 발행 | 2021년 6월 18일
초판 2쇄 발행 | 2021년 8월 5일

지은이 | 사예
발행인 | 김태웅
기획 편집 | 이선민
디자인 | 남은혜, 신효선
마케팅 | 나재승
제 작 | 현대순

발행처 | (주)동양북스
등 록 | 제 2014-000055호 (2014년 2월 7일)
주 소 | 서울시 마포구 동교로22길 14 (04030)
구입 문의 | 전화 (02)337-1737 팩스 (02)334-6624
내용 문의 | 전화 (02)337-1762 dybooks2@gmail.com

http://www.dongyangbooks.com
m.dongyangbooks.com(모바일)

ISBN 979-11-5768-706-0 03810